歌集

相場振山

森山栄三

皓星社

序

森山栄三さんの第二歌集『相場振山《そばふりやま》』が発刊されますことは、私にとってもこの上ない喜びです。森山さんのこれまでの人生における歌の集大成ということで、序文を書くことをお引き受けしたのですが、今になって己の無謀さに少々あきれています。

森山さんは昭和十六年、ハンセン病のため岡山にある当園（邑久光明園）へ入所を余儀なくされました。昭和四十年頃から短歌にひかれ、歌を詠みはじめたと聞きます。

森山さんの歌の中に表れてくるハンセン病療養所特有の言葉を歌への

感想と合わせて説明させていただきます。

萎えし手に丁子点筆もち替えてたどたどと我が憶い出を打つ
プロミンに不治の病も癒ゆる今取り残されし失明者我

プロミンとは、昭和十八年にアメリカで開発されたハンセン病の特効薬です。それまでハンセン病は「不治の病」というレッテルが貼られていました。光明園では昭和二十三年頃からこの薬が潤沢に使用できるようになり、劇的に病状の改善のみられる人も出ました。しかし、森山さんはすでに病状が進んでいたこともあり、ハンセン病特有の末梢神経マヒのため、手指の屈曲や運動障害などの後遺症が残り、自分の手を「萎えし手」と表現しています。

看護婦の点訳してくれし良き歌をむさぼりて読む舌の先にて

ハンセン病では前述の通り、手指に後遺症が残ることが多くあります。しかも「らい菌」は眼をおかし視力をうばうこともしばしばあります。視力障害者の読書といえば点字がすぐに浮かびます。しかし、この病の特徴である「萎えし手」は知覚も失っていて、指先では何も感じることができません。昭和三十年頃、体の中で比較的知覚の失われることの少ない舌や唇を用いて点字を読む「舌読」や「唇読」が考案されました。何事にも前向きな森山さんは「舌読」をマスターされました。その技術の獲得には血のにじむような努力が必要だったと聞きます。この「舌読」を用いて森山さんの短歌の世界はより深まっていきます。当時の看護婦の中には点訳のできる人も少なからずいて、視力障害者の生活支援をしていたことが窺われます。

補導婦らの声はすみいて落葉焚く煙の香り部屋にただよう

療養所の職員には、看護婦以外に入所者の身の回りを世話する職種に補導婦がいました。現在では、看護助手・介護員と呼ばれている人たちです。若い補導員達でしょうか、落葉を焼いている姿が眼にうかびます。焼き芋でも入っていたのか、その声がいたくはずんでいたのでしょう。

森山さんの短歌は光明園の歴史そのものを物語っています。当時の風物が眼に見えるように描かれています。昭和四十五年にはじめて烏城や後楽園へ行ったとあります。光明園内の売店前の時計もこの年にできたことになります。また陳情にも行きました。

陳情に靴ずれ知らず帰り来て血に染まりいる軍足をぬぐ

ハンセン病ゆえの知覚マヒで自分の足にマメのできていることも知らず歩き続け、軍足が血まみれになったことが詠まれています。当時の靴は質が悪かったのだなあとも思えますし、逆に森山さんもお元気で靴ズレができるほど歩かれたのだなあとも思えます。

ナースらは奄美の父母に送るべく雪だるまの傍にて写真撮りおり

昭和三十五年から五十五年にかけて、光明園の准看護学校へは奄美の乙女たちがたくさん入学し、卒業後、園のために本当によく尽くしてくれました。近郊の看護学校から職員として働く人が出てきたのは、つい最近のように思えます。

女子大の点訳部員のつぎくれしお茶に心の温まりゆく

奈良女子大の学生達であったと思います。昭和二十年代から点訳奉仕を長い間つづけてくださったという記録があります。彼女達に大いに助けられ、励まされたのでしょう。

入所せし五月末日めぐり来ぬ四十年よくぞ耐え来し我は

入所者は自分が入所した年月日を必ず覚えています。その日が人生の最大の転機であったことを忘れません。天国から地獄へと落とされた日でもあるのです。しかし、さすがに四十年となると、森さん自身よくもこれだけ生きてきたなあ、頑張ったなあと自分自身褒めてやりたい、そんな心境がうかがえます。

昭和五十年代には歌の中にカラオケの言葉が出はじめます。全国ハンセン病盲人連合協議会の役員となって活躍されている森山さんの姿が目に浮かんできます。昭和四十年代のはじめとは大きく変わり、歌に自信のようなものを感じます。

婚約を解消されて看護婦は癩に尽しし島を去りゆく
予防法の廃止となりてはじめてのひかり車内に胸張りて座す

これは平成になってからの森山さんの短歌です。邑久長島大橋がかかり、予防法も廃止が叫ばれるようになりました。そんな時代になってもハンセン病への偏見はすさまじく、光明園に勤めていただけで婚約を解消されたのでしょう。本人ばかりでなく、家族の中に光明園に勤めている人が一人いても縁組みがことわられることのあった時代が続きました。本当に世の中が変わってきたと思えるのは「らい予防法」の廃止以後ではないでしょうか。森山さんも陳情のため広島へ行った時、「ひかり」での旅行がこんなに楽しいものとは思わなかったと述懐しています。

ほうけたる妻は幼にかえりたり母を慕うがに呼び続けいる
妻の姪五十年ぶりに会いに来て手を取る二人の息子も共に

平成十一年、森山さんの奥様は息子さん達と会うことができました。五十年ぶりだったのです。残念なことに奥様は平成十二年四月に先立たれます。この頃は奥様をしのぶ短歌が多く詠まれました。

我に医師の告げます言葉明るくて嬉しき朝よ癩菌マイナス

らい予防法も廃止となり、「ハンセン病国賠訴訟と原告勝訴」と世の中は随分変わってきました。この時代でも菌が有るか無いか、チェックを受けていいます。その結果が本当に気になったのでしょう。我国のハンセン病医療は菌の有無を問題にしすぎ、患者を「人間」として見ることができていなかったのではなかったでしょうか。

平成十五年、ついに森山さんは故郷を訪問することができました。

歓迎され実家の敷居を跨ぎたりこの喜びを誰に伝えん
六十二年振りに我が家に帰省せり涙垂りつつ仏壇の前

この頃になると歌も感謝に満ち、次第に渋味を増してきます。しかし、このような世の中になっても森山さんが社会復帰をして故郷へ戻ることはありません。光明園の二百五十人弱の入所者の多くの方が同じ状況にあります。

国の間違った政策のために六十年以上島に隔離されてしまった人びとの人生を考えるとき、私達はこれをどのように終焉に導くのか、その責任の重さを感じずにはいられません。

森山さんには、さらに精進され、よい短歌を詠みつづけていただきたいと心から願っています。

国立療養所邑久光明園園長　牧野正直

目次

歌集　相場振山

古里の香り　昭和四十一年

萎えし手に丁子点筆持ち替えてたどたどと我が思い出を打つ

プロミンに不治の病も癒ゆる今取り残されし失明者我

プロミンに耐性菌のできし我カナマイシンに
強く期待す

眼も見えて手足も揃い入所せし俤もなき二十
五年後の今

白樺の苗木を我と思えよと人に托して兄は逝
きたり

二十余年離れ病みいて我が兄とついに逢えざりきこれが運命か

病みいても手足器用なる兄の絵の遺作となりしを壁にかかぐる

ラジコンにて走る玩具をまさぐりて癒えざる我の病をなげく

竹の皮の包みを解けば古里の香り豊かに鮒ず
し匂う

看護婦の点訳してくれし良き歌をむさぼりて
読む舌の先にて

失明の我に用なき双眼鏡折折手にす亡父の形
見

比叡山　昭和四十二年

偏見の島離れ来てなごみゆく心にひたりたらす釣糸

・

補導婦らの声はすみいて落葉焚く煙の香り部屋にただよう

我が短歌初めて載りし白杖誌インクの香りに
心も新た

点字紙のノート作りて座右にと恩師の短歌丹
念に打つ

隣園の知友のテープの遺稿集盲友と囲みてく
り返しきく

かざられし春着の中をまさぐりて二足百円の
ソックスを買う

幼くて病み別れ来しわが故郷に有線放送引か
れしと聞く

御仏の面それぞれにことなると聞きつつめぐ
る三十三間堂を

病める身を生き長らえて今しここ比叡山頂の土ふみて立つ

失明に生き来てここに今日のあり比叡の御山の鐘打ち鳴らす

紫宸殿清涼殿にぬかずけば古人《いにしえびと》の高貴香にたつ

幼き日兄と遊びし京極の記憶の坂は今も変らず
島山の若葉の匂いふるわせて朝のひよ鳥声高く鳴く
浸蝕の著《しる》き長島の渚にて盲ら慰安の会の開かる

病める身を人それぞれにかばいおり毒蛾入り来る窓をとざして

枕辺に電気蚊取器燻らせて眼の見え歩く夢みん今宵

雨降ればけものの匂いうつうつと猫飼う友の部屋にただよう

低血圧に残暑の夜をいねがたく療舎越え行く
鳥の声きく

補導婦に漬け込みもらいし梅干しのしその香
りの部屋に漂う

友の心に支えられ手を引かれつつ西本願寺の
山門くぐる

白樺　昭和四十三年

白樺の実生の苗を植えくれし兄のかたみのすくすく育つ

八十路越えし老婆と向き合い話しつつ我が母もこの年かと思う

間食に渋抜き柿のくばられぬ日照りの今年実
のかく痩せて

枕頭のラジオより聞く除夜の鐘かたへの妻と
行く年惜しむ

ラジオより聞く知恩院の除夜の鐘京都の旅の
よみがえりくる

補導婦のつくりて呉れし雑煮餅年詞交わして
妻といただく

ささやかなおかざり供う神棚をおがみて妻と
初日浴びたり

やめて行きし若きナースの声浮かぶ点字の賀
状遠き街より

トラックの事故にて夫を失いし人補導婦となりて来たりぬ

ベトコンの耳を切り取り持ち行きしアメリカ兵士のあるは真か

文机の物片付けて補導婦の生け呉れし梅今日咲き匂う

料理せし寒鮒の匂いただよえる部屋に盲友《とも》ら
と琵琶湖を語る

桜の木たたけば白杖《つえ》につたいくる芽吹の音か
かくやわらかく

四月より就職すると告げて去る復帰の療友《とも》の
足音を追う

同郷の花見の席につらなりて江州訛りに近況を聞く

雀らの声にめざめて早早と妻はカーテンまさぐり開く

逝きし次兄《あに》の実生より育てし白樺は青葉繁りてわが丈を越す

病室の窓より桐の花みゆと見舞の友が教えてくれぬ

二年目の夏期休薬をつげられて風鈴の音すがしき朝《あした》

風鈴の鳴り鳴る朝の窓辺にて点字の歌集を舌先に読む

木製の点字造りて麻痺の手に一字一字を触れ
させてみる
仮舞台療舎の庭に造られて医師も歌いぬ納涼
の夕べ
補導婦に手を引かれ来て納涼の屋外の椅子に
妻とつらなる

痛いでしょうと言いつつ注射うち終えて後も
みくるる准看生徒

後遺症の小鼻の手術せし妻を待ちいる廊下露
びえのする

潮風に吹かれし風鈴を丹念にぬぐい納むる秋
の終わり日

大輪の牡丹　昭和四十四年

見えねども香にさそわれて菊花展の大菊小菊に頬近く寄す

久久に療舎を遠くはなれ来て蛸つり舟に一日を遊ぶ

すすぎもの干しいる妻を助けつつその手のあ
かぎれいゆる日を待つ

日めくりの少なくなりしこの夕べ妻は正月の
プランを語る

正月の煮しめ煮物をしてくれし兄に感謝の心
わき来る

初詣でに連れ行きくれし病友の室に立寄り春日浴びいつ

往診を受けて入院と決まりたる朝冷え冷えと雪花の散る

風邪いえて久久に見る点字書のクイズのらんに友の名を読む

濃霜よと補導婦言ひて軒下の干竿の露ぬぐいてくれし

楽団を組織してより十五年我はしりぞき病をいやす

後楽園の枯れたる芝生の上に来てかがまれば春のいぶき足裏

偏見は今も根強しという姉に京の宿にてひそかに会いき

大輪の牡丹に顔を近づくれば花心に虻の羽音聞こゆる

マイシンの薬害による難聴の心静めん牡丹に寄りて

聾唖者のくれし花色わかたねど香りに寄りて
夏ばらと知る

盲いたる身の厳しさにしかと立つ鷲羽山頂の
風に吹かれて

変化なき療舎を遠くはなれ来てはぜつり船に
ひと日をほぐす

新聞に初めてのりし我が短歌読み来し補導婦
が教えてくれぬ

初詣終え来て屠蘇を療友《とも》とくむ葉牡丹匂う卓
を囲みて

鉢植えの楓青青と芽吹き来ぬスチームと冬の
日差しを受けて

失明となりて学びしバイオリンの傷みし楽譜
今も残れる

入所して三年の冬父逝きてうちひしがれし眼
を病む我は

若肌の桜の枝をたわめてはかたき蕾を唇にま
さぐる

窓近き桜の大樹の梢にてさえずる鵯《ひよどり》雛もいるらし

退院の間近き試歩の海沿いに羽音聞こえてつばめ飛びかう

たしかむる歌稿の点字舌先にぶどうの味が少し残りぬ

塩焼の鮎を食みいて琵琶湖口の河に網打つ亡父が目に顕つ

巡り来し四十五回目の誕生日妻と大根をふきふきて食ぶ

烏城の階　昭和四十五年

薬気の無き身となりて生きたかり山茶花紅くもえたつ朝

鹿の餌手より音なく消え去りて奈良の一日の秋おしみいつ

偏見と言う目にいささかも触るるなく天理の街にパチンコをせり

椅《いいぎり》の実ついばみに来る鵯《ひよ》の声窓に聞く点字
打つ手休めて

枕辺のラジオに除夜の鐘を待つ京都の旅を眼
に浮かべつつ

念願のかないて烏城の階登る一歩一歩を実感
として

藩侯の姫輿入れの籠もあり烏城に宝物の説明
を聞く

ふつふつとよろこび果てなし後楽園に回る水
車の音を聞きつつ

帰園バス待ちいる前の店先にあいそよき娘が
初いちご売る

午後二時の入浴おえて補導婦のむきおきくれし夏みかん食む

園内の売店前に建てられし時計塔に寄りて麻痺の手を触る

薄物のカーテンに補導婦替えくれて緑風が盲の部屋に通り来

特殊印刷の点字にて編まれし県公報創刊号が
島にもとどく

ねずみ取り借り来てくりやに仕掛けおき猫の
如くに夜の更けを待つ

朝食に胡瓜のあさ漬添えてあり香りに病後の
食欲そそる

風鈴のなりいる朝とどきたる点書の短歌むさぼりて読む

帰省より帰り来し兄に故里の変りしさまをあれこれと聞く

台風の爪あとのこる園内にこおろぎの声夜夜に高まる

陳情に靴ずれ知らず帰り来て血に染まりいる
軍足をぬぐ

足萎えし友のつくりし栗かぼちゃ冬至の夕べ
妻といただく

熱去りし重病室に日脚延びラジオの歌にハミ
ングしおり

点訳者君は横浜に職を得て数年振りに便りよこしぬ

窓よりの雉鳩の声に目を覚ましラジオのスイッチをまさぐり入るる

プロミンの治療受けてもなお癒えず植毛の眉薄くなりゆく

療友らいざないあいて島めぐる納涼船にしぶきあびつつ

移転せし火葬場あとに萩の花あまた咲きたり我が丈越えて

栗の花　昭和四十六年

果てぬれば頭蓋裂かるる宿命か解剖室の音を耳にす

唇に触れて新たなる血汐わく鷲羽の山の碑《いしぶみ》の文字

つぶらなる南天そえて生けくれし補導婦元朝に事故死というか

ナースらは奄美の父母に送るべく雪だるまの傍にて写真撮りおり

入選のわが歌のりし点字書を舌の先にて妻読みくるる

舌先に点字書読み来て十五年教えくれたる友偲びつつ

常日頃点字読み居る舌の先風邪熱のためひりひり痛む

駅前のパチンコ店にいざなわれはじきに興じて病忘るる

植込みの鶯の初音ききており点字製本おえし
机に

巣作りの雀鳴く声朝明《あさけ》より自活なき身の耳朶
にしみ入る

このあたり畠作りし戦時下を生きながらえて
今歩み居り

みんなより祝福されし盲老婆米寿に赤き服まといおり

女郎蜘蛛巣をかけ終えしか朝風の静かになりし庭の木の間に

海人をしのぐ歌人に成りたしと万葉秀歌を点字に写す

栗の花匂い来る道歩みいて帰る家なし病める
盲に

除草剤まかれし雑草に混じりいる松葉牡丹の
すべなく哀れ

朝顔の花ほころぶをえくぼとぞ若きナースが
ふれさせくるる

台風をいずこに避けていし蝉か暑さ戻りて激しく鳴きぬ

ナースらと学生らも輪に加わりてはずむ音頭に夜のふけゆく

黄金色に続く稲田の道ゆきて一目会いたし夢二の歌碑に

寒き夜の妻の寝息をきづかいて浮び来る歌点字にしるす

杭のごと湖面に向きて五位鷺の立ちつくす影長く地に曳く

学院を終え巣立ちゆくナース等を見送り桟橋になえし手を振る

本館の裏山焼けてこの春の鶯寮の植込みに鳴く

女子大の点訳部員のつぎくれしお茶に心の温まりゆく

わが兄の送りくれたる白樺の木五年経し今枝しげりゆく

亡き兄と夜すがら語り涙して入所せし日も栗の花咲きいき

萩の花群れ咲く道を辿り来て逝きたる兄の思い出たぐる

盲導柵塗り替えられて真白しと茶をつぎ呉るる君に教わる

秋茄子《なすび》よく生るらしく今日も又畠帰りに置きて呉れたり

朝もずのしきりに鳴ける寮の庭締めきりせまる歌の点字打つ

療園に盲となりて里帰り遂に叶わず枇杷の花咲く

尋卒の学歴にてはひとかどの歌人にはなれぬ
と人の言いにき

爽やかに点字タイプの音聞こゆ知覚麻痺なき
五本の指欲し

盲の友と学生らの唄う納涼のむしろに座せば
病を忘る

しとしとと冷たき雨の降る庭に命短きこおろぎの鳴く

三十年《みそとせ》を病み来し我と共に経し裸木の桜肌《はだえ》温《ぬく》とし

くちびるに右と左を確かめて治療を受けに行く靴を履く

冷ややかなる言葉残して人の去り霜白き朝苦き茶を飲む

家を継ぐ姪の幸せ祈りつつ隠れ病む身は祝してやれず

かさかさと落葉を踏めば病める身の命の如き音とも聞こゆ

フォークただ持つことさえも介助受く不自由度点数三百我は

願いこし事の空しさかみしめて聞きおり遠ざかる寒夜の汽笛

鉄格子の前に坐りこみ水俣の患者等あげる読経の声

麻酔より覚めてベッドに今日もまた降るさみだれの音を聞きおり

清らかなすずらんの香にはげまされ点字の歌集舌端に読む

草刈りし後をつばめが地に低く日の暮るるまで飛び交いており

こうもりの不気味に鳴き交うこの夜なり兄の
病は癌かもしれず

葉ぼたんの色づき初むと告げて去る若きナー
スのはずむ靴音

病勢の安定するを願いつつ痩せたる手にてし
しむらを撫ず

手術着に着替えさせられ咎人《とがびと》の如くに座せり
若き女医の前

季節の香　昭和四十七年

変化なきわが寮の庭たそがれて茗荷の花に細
き雨降る

せまり来る期日にいまだ歌詠めずもず鳴く声
に心せかれつ

娘より婚礼の写真届きしと盲のわれに兄は持
ち来る

見事なる大輪の菊よとうしろよりナースが手
を添え匂わせくるる

枕辺に無画テレビ置き冬の夜をわれら夫婦の
和むひととき

友の飼うインコの声もせかせかと年末近く耳
朶にひびかう

椅《いいぎり》の実の一房を補導婦は添えて生けたり盲
の部屋に

カッターシャツ仕立てし頃のなつかしも盲となりて袖通しつつ

鉢植えにせる卓上のチューリップ固きつぼみに頬あててみつ

五月雨の激しき朝を病廊の手すりにつかまり足ならしする

掘りおこす庭土の香に遠き日の諸苗植えしころなつかしむ

雨に咲く真紅の薔薇の綺麗よと洗眼器持ちてナース入り来る

フォーク持つことさえも介助受けおりて病み長き命島に愛しむ

月例の聴力検査受け終えて記録結果をおずおずと問う

療養の生活《たつき》を守る陳情を終えて戻れば香る鈴蘭

あどけなさ残れるナースに検温器はさみしままに脈とられいる

目覚むれば西瓜の香り初物と言いつつ友の分かちてくるる

ベトナムの癩療養所何ゆえの爆撃なるや怒りわきくる

火葬場の跡にむれさく萩の花朝《あした》の露にしとど濡れいる

カリエスの病癒えたる友訪えば朝の勤行不乱
に唱う

筆と針手にして兄はたんねんに全身の麻痺た
しかめてゆく

点字書の棚の片方に生けられし鈴蘭の香に心
きよまる

隣室に気を使いつつ真夜中に歌浮かび来て記
す点筆

名を呼びて診察室へ看護婦の導きくるる手の
温かし

飯桐の花の香りの素敵よと君への便りの中に
書き添う

縁　昭和四十八年

高松の最上稲荷に初詣で癩意識せぬ人等に交じり

大釜のごとき香炉のふちに寄り我も祈願の線香そなう

腰さげのお守札をあがないて所内復帰の叶う
を祈る

蹇の友の形見の綳帯巻機いたみ少なく十年使
うも

投稿せし療友は今亡く入選の発表ラジオにし
みじみと聴く

入選を知らず逝きたる療友の歌選者は頻りに
ほめたたえおり

この島に初めてつきし赤電話かける家なく父
母も亡し

早春の日暮の庭に野良猫が争いし後のきずを
なめ居り

退院の間近となりて検温をなし呉るるナース
の声も明るし

うからは世を恐るるか遺骨をも引きとり呉
れずハ氏病故に

兄弟の縁切り呉れと顔知らぬ姉よりの便り胸
に抱きしむ

病廊は雲踏む如し高熱の去りて歩める我の足うら

葉桜のさわぐ梢にさえずれる頬白のいて試歩の杖止む

島山に笹百合咲くとき又一人盲の友の夫を亡くせし

書道展めぐれば墨の香ただよいいて少年の日
の兄甦る

笹百合の香に顕つ部屋に放心す胃癌に果てし
友を惜しみて

まりもの形につくれる円き羊かんを食めば緑
のにおい立ち来る

不馴れなる会の業務のはかどらず熊蟬の声高ぶる炎暑

我の病故村人の蔑《さげすみ》か受話器に嫂《あによめ》とつとつ語る

丈高き向日葵の花見上げつつ手に触れてみる思い出の夏

紅薔薇　昭和四十九年

療養の我にも幸せ来る如し生けてもらいし卓の紅薔薇

家族の声　昭和五十年

回復の機能訓練の一つにてペダル踏む数日日増やしゆく

老齢化年毎に増す所内にて「歩こう会」の友ら増えゆく

なき友の鳴子時計がカチカチと時刻む日足の
伸びし柱に

受話器を手にとりいて胸の高鳴れり三十年ぶ
りに聞く姉の声

片言の孫の声をば洩らさじと耳しいし兄受話
器を強くあつ

けがれをば知らぬ乙女に父のごとまた母のごと話聞きやる

読み書きの出来なくなりて三十年唯一の救い点字にたくす

銚子渓の愛の泉に銭を投ぐ又来る願い我は持ちつつ

麦粒を拾いては食う銚子渓の野猿の前に病む
手をかくす

座体操教えてもらい手を振ればリズムにのり
てかく心地よき

子の親となりて便りの途絶えたり十年経し今
姉の夢みる

懐メロをテープにとりて折折の憂さ晴しおり
聞くに楽しく

枝を折り見頃と言いつつ花桃を握らせ呉るる
窓により来て

我に医師の告げます言葉明るくて嬉しき朝よ
癩菌マイナス

日曜も休まず続け工事場に働く人の声の清しさ

炎天に若き人等の流す汗舗装路は工事に日日伸びてゆく

里帰り　昭和五十一年

菜の花を食卓に生け節分の今宵はなやぐ盲の
部屋は

手さぐりに豆撒き終えてつつがなし盲夫妻も
今宵春めく

病み古りて何を頼りに生き行かむ最上稲荷の
前にぬかずく

日曜日暮れのひとときラジオにて病を癒す懐
メロを聞く

この島にはじめて成りし鐘楼堂朝夕鳴りて心
和むも

梵鐘の音聞きおれば夢誘い故郷の寺の脳裏に
うかぶ

こぼれ飯掃き出すやたちまちついばめる恐れ
を知らぬ小雀幾羽

独り居の日課はせわしき日日にして歌詠む時
間夕べと決めつ

里帰りのめぐりの水田青青と苗植えられて葉の先そよぐ

故里の山河かわりて見るもののなべて馴染まず今の我には

うぐいすの初音聞きしと帰り来し友はカセットのボリュームをあぐ

失明に苦しみ悶え堪え堪えて永らえて来し今
をいとしむ

療養の日日のたつきにわずらわし隣室に鳴る
カセットのジャズ

古里は田植えの頃か降る雨に野良衣の母の亡
き影浮ぶ

姉の顔婦長の顔と重なりて夢覚めし夜半にほととぎす鳴く

遠花火　昭和五十二年

軽率に押したる一つスイッチが重油流出の彼の大惨事

水中花買い来て兄は厨辺に置きて去りたり何思いけん

鈴鹿山八百八谷に点点とくれない燃えて石南花の咲く

古里の十一面観音おろがめば亡き父母の面影の顕つ

大津絵の色紙を壁にかかげいて里帰りせし楽
しさ今も

羅漢寺の境内に並む石仏の肩まろやかに冬の
日の中

羅漢寺の御堂にはべり頂きし君のお点前の抹
茶忘れず

世相くらきに石仏を訪《と》め詣ずるや羅漢寺の庭
人のあふるる

禁煙し十三年を経たりけり太りしといわれ日
日飯うまし

鉄砲百合ダイナミックに生けてもらい明るく
なりし盲わが部屋

不馴れなる言葉もちいて総会の挨拶の声もつれにもつる

カラオケに老のきざしを吹きとばす今日も大いなる声張りあげて

入所せし五月末日めぐり来ぬ四十年よくぞ耐え来し我は

遠花火海を渡りて聞こえ来る真夏の夜に想う
ふるさと

それぞれに付けししるしを違えずに杖差しの
杖とりて突き行く

見えぬ目にありし日の事偲びつつ三十六年目
の終戦日今日

カラオケに「奥飛騨慕情」唄いつつ心は弾む
納涼祭り

台風に孤立せる島の療養所警備車走る豪雨の
深夜

沖縄に台風近づく予報あり帰路半ばなる盲友
をきづかう

ＮＨＫ公開録音待たずして逝きし君憶う白菊
の前

奈良の都　昭和五十三年

電話にて四十年振りに語らえば幼馴染の濃き
眉うかぶ

白杖をたよりに歩む道すがら百舌の高音の耳をつんざく

全盲連本部となりし会館に墨黒ぐろと看板掲ぐ

献木とぞうっそうとせる樹の下を手引かれ詣ず橿原の宮

和銅より以前の渡来と聞きおりし薬師寺の仏
三体拝む

薬師寺の黄金の塔の辺にて菩提樹の実を拾う
ひそかに

沈丁花香りただよう頃となりナース幾人島を
去りゆく

手に受けし追儺の豆を喰みおれば健やけき日の故郷おもわる

食卓の芹を食みおれば幼くて姉と摘草せし日偲ばゆ

療友の摘みきし芹が食卓に春の香りを豊かに放つ

東大寺の柱の穴をくぐりいる写真に残る我ら
一行

暁の法話ききいて遠き日の母の面影まなかい
に顕つ

満開の桜の下《もと》に看護婦と病忘れてカラオケう
たう

日の照りをさえぎられ我が部屋暗し近接に新しき舎屋の建ちて

朝まだきホトトギスの声聞こえきて杖を手にゆく海沿いの道

紐解けば故郷の地より送り来し新茶のかおり部屋にひろごる

診察の後無菌書を渡されてひと日うきうきポケットに持つ

熱高くベッドに臥《こや》り幾人か逝きしを思う気弱となりて

婚約を解消されて看護婦は癩に尽しし島を去りゆく

虫すだく夜を盲の妻と居りついの日を思う我
も盲いて

妻の兄棚田のあぜに倒れしと一周忌後に便り
届きぬ

牡蠣筏島の南に移されて秋深まりし瀬戸の内
海

牛蛙無事に今年も住みいるか廻り道して声を
確かむ

乱世はここにも波及せしものかつばくろの巣
を雀が奪う

捻挫せし友を見舞えば朝顔に足引きずりて水
をやりいる

御門主の手ずから授かる帰教式島に病みいる
我のしあわせ

桜の下に　昭和五十四年

台風の潮風に桜の枯れ落葉晩秋のごと歩道を
覆う

ラジオにて占い耳に今日ひと日清しくおりぬ
吉とぞ聞きて

両脇を抱えられつつ登り来し白根山頂初冬の
気配

事故により夫を亡くせる補導婦にためらいつ
つも励ましを言う

老木の枝一様に咲き盛る桜の下によりて歌詠む

桜咲く道くだり来て退職の看護部長乗る船を見送る

賜りし土産の山牛蒡食卓にありてその香の食欲そそる

土手に香る栗の花見つ四十年前隠れ住みいし
家の窓より

竹製の土産の湯呑賜りぬ麻痺せるわれの手心
にかけて

念願のついに叶いて十三年目納骨堂の兄にぬ
かずく

島をたつ若きナースに幸あれとおり立つ庭に
桃の花咲く

川べりに「源氏蛍の発生地」ときざまれし碑
のいまも立てるや

春の息吹　昭和五十五年

おどおどと椅子に坐れば事なげに抜歯とナースに告げたり医師は

猫柳生けてあるらし待合室にひそかに感じる春の息吹を

流感に共に臥しいて折折を妻は起き出で濯ぎ
物する

鈴鹿山八百八谷に点点とくれないい燃えてしゃ
くなげの咲く

落葉　昭和五十六年

傷癒えて半年振りに散策す杖先にまろぶ落葉をふみて

懸命に老を拒むとカラオケに声はずませる療養の日日

舗装路の落葉踏み行く通院の頬にさやかに秋の風受く

ふきのとう　昭和五十七年

散策に白杖突きて行く道に梢の百舌の初音聞こえ来

船べりを叩き魚を獲る人あり寝ね難き夜聞く
生活の音

雨の中漁をするらしき舟の音聴こえきたりぬ
真夜の目覚めに

手に受けし追儺の豆を食みおればすこやけき
日の故郷おもわる

満開の桜のもとに看護婦とカラオケ歌う老を
忘れて

庭隅の落葉の下のふきのとうさぐり見つけて
妻は声あぐ

中元を持ちゆく坂の叢に早や鳴くこおろぎ杖
止めて聞く

母の面影　昭和五十八年

年の暮れも正月もなく山の小鳥餌を求めて飛び交いており

二回目の桜前線の予報あり枝の蕾に口ふれてみる

蕗の葉に豆飯盛りて早苗田の豊作祈りし母の面影

宿屋にてもろこの佃煮食みており父と釣りせし日を思いつつ

蚊帳を吊り暮らしし事も遠くなりベープマットに安らぎ眠る

赤とんぼ数多《あまた》飛びいる梨園に梨もぎており今
日の安けさ

姉の死　昭和五十九年

壺坂寺常磐住職のお話に病める我等の心癒や
さる

追儺の豆スプーンに多く掬い食み還暦となる
齢噛みしむ

四十年余離れ住みたる姉ゆえに若き日のまま
の顔のみうかぶ

唐突に姉の死にしと電話あり十二年日日を病
み病みていし

歌を詠みカラオケ唄うかかる日のいつまで続
かん病み臥《こや》る身の

長らえて今ある命愛《お》しみつつまもり続けむ盲
目の身を

流れ星消えし夜空をふり仰ぎ漆黒の闇に願い
ひろごる

個人にて電話とクーラーを付くる世の幸せ思う病みながらえて

竹生島　昭和六十年

ひたむきに詠み綴りたる短歌帳二冊目終わりて本棚に置く

注射受くるかたえに生けある菊の花放つ香り
に痛みほぐるる

線香の香り立ち立つ香炉の前煙あて撫ずる病
む我の足

再びは来ることなからん竹生島小鳥の声の玩
具あがなう

同級生の生死所在も聞かされぬ十人あまり既に世を去る

里帰りせしは昨日の如くにて玩具の小鳥ひとり囀る

癩盲のゆえに奥深く参拝を許されにけり橿原の宮

岩をかむ波のしぶきの何処となく春めきてお
り島の磯辺は

梅の花満開ときき唇に触れ匂いをかぎぬ島の
斜面に

浮御堂の秘話を聞きつつ湖西路を竹生島詣で
のバスに揺らるる

竹生島詣での記念に購いしおもちゃの小鳥は
今もさえずる

朝の散歩　昭和六十一年

寮毎に鈴の音色の異なりいて歩行しやすしと
妻のよろこぶ

栗の花遠く咲くらし匂いくる白杖つき行く朝の散歩に

牛の鼻兄持ちくれて田を鋤きし発病に苦しみし頃の偲ばゆ

点書に耽る　昭和六十二年

宅急便に送られて来ぬ香りよき松茸一つ秋の賜物

新築の盲人会館に招かれ来て青き畳の香りすがしむ

電話にて姪と会話を交わしつつ重なりて来る亡き母の顔

病める身も暖冬ゆえに健やけく風邪引かず今
日も点書に耽る

この島に二十七年勤続の婦長今去る慈母と慕
いき

きっと来る病癒ゆる日信じつつ洋裁習い希望
ふくらむ

入所前幼き我を死に誘い言いより泣きし今は
亡き兄

邑久長島大橋　昭和六十三年

振り子時計柱にかけて秒きざむ音を聞きつつ
心やすらぐ

これからの歌会は頼むと言いに来し声を残し
て君は帰らぬ

カラオケを県職員と歌いいて楽しもひととき
病のあらず

かき漁も終りとなりぬ漁師らの呼び合う声が
東風にのりくる

樽酒の鏡の割られ酌みもらう邑久長島橋の渡
り初めにて

六キロをめざして足を慣らさんと今朝も歩め
り柵にふれつつ

143　邑久長島大橋　昭和六十三年

激動の昭和　平成元年

手術終えし兄のベッドのそばにいて深夜ナース の足音を聞く

前立腺の手術受け回復せし兄に瀬戸大橋へと 手を引かれ来つ

中国に従軍をせし婦長さん常に青酸カリ持ちいしと聞く

雲辺寺のお守りの鈴を購いたるが手荷物の中にてちりちりちりと鳴る

平成と年号の変りしこの年の暖冬異変をいささか気遣ふ

激動の昭和の御世の終る日に八月十五日の玉
音想う

紅梅の花の香りに向ひつつ道を白杖にさぐり
て歩む

学院生の合唱の声澄み透る妃殿下を迎える大
平会場に

くさぐさの野草たずさえこの島に花を愛する君は来たもう

指はしびれ盲目ゆえに賜りし一人静に唇を触る

野の草の滅びゆくことつづまりは人の生きざまの故とし聞けり

高松宮妃殿下とわれ並み写るはこれぞ新聞の
切抜写真

点訳の短歌　平成二年

エアコンも扇風機も止めこのところ静かに秋
の夜となりゆく

兄が描きし油絵一枚大臣賞いただきたるを部屋に掲ぐる

妃殿下と我の写真が新聞に載りしを切りてアルバムに貼る

救癩日の小雨のけむる昼下り妃殿下の御手の温もり忘れじ

切切と亡き兄詠みし詩の一つ「熊笹の実」に
涙こぼるる

紅梅の香のたつ中を図書館へ白杖に道さぐり
つつ行く

春めける波の寄するを聞きおれば琵琶湖の浜
へ思いひろごる

今日一輪壺の梅また開きしと水をかえつつ介
護婦の言う

職員も加わる花見のカラオケにナースの和服
彩り添える

真赤なるさつきの鉢に寄りゆきて染まるおも
いに佇む長く

看護婦の点訳しくれしよき短歌むさぼりて読むかわける唇《くち》に

点字より幸せ我に来る思い病める支えに短歌を学ぶ

展示室見えねど菊の香に倚りて黄菊白菊に類あててみつ

役なれば隣同士のいさかいにつかず離れず話を聞きぬ

千円を抜き取られしと訴うる惚けとなりしを言わず慰む

点字の先刺さりしを知らず舌先に読み進みいて字を血に染めぬ

盲人時計の点字カタログ読みかえす麻痺と萎縮のこの手にほしく

秋つばめ　平成三年

落雷のとどろく中にひるむなく癩予防法の激論続く

梢《うれ》をさく如く高く鳴く百舌の声刺したる牲《にえ》の
まだ動きおり

掛取りの季節となれば悩み居し母の面影まざ
まざ浮ぶ

病ゆえ隔てし五十年余同級生に電話かくれば
逢いたしと言う

嬰児は六十日目に声出しきと母らしくなりし
ナースの立ち居

山畑に狸や烏の被害有りなお追い打ちに猿の
現わる

オリオン座大熊座よと教わりし腕白の頃病を
知らず

ピラカンサスの赤き実映ゆる中手引かれて詣で来りぬ島の宮居に

境内の四阿《あずまや》に来てさし初むる初日浴びつつカメラに向う

「御袋の味」といいつつこの歳の熱き雑煮をふきて頂く

見ゆる眼を失いしこと知らざりしと不憫をこめて年賀の届く

噴水もどこか春めく音のして耳の治療を受けつつ聞けり

シャツをぬぐ度に痛みの走りくる五十肩に日日悩みておりぬ

唇に探りてフォーク手にしたり終生悲しき我が麻痺の手よ

身の上の都合と言いて去りし医師我は生涯この島に病む

午後五時のサイレン鳴りぬ職員等肉親の待つ家路に急ぐ

渡されしカーネーションに幼日の母しのびつつ頬ずりをせり

蚊遣り炷く母屋を離れ納涼に星見し瞳今はあらざり

秋空に帰燕鳴く声耳にして家無き盲故郷を恋う

秋つばめ旅の仕度か今年子にいい聞かすごと
親の鳴き居る

靖国神社　平成四年

義歯外し音声時計枕辺に置きて安らぐ今日の
終わりを

新任の盲人世話係美声にて稲穂垂るる田の眼
に見ゆるごと

網もちて夏は琵琶湖へ魚獲りに父と出かけし
遠き想い出

義眼をば洗いてもらう傍らに菜の花と水仙の
香りただよう

見学の看護生徒の問いかけに大風子油の昔を
語る

玉砂利の音静かなり兄の御霊に詣でんと来し
九段の宮居

戦死をば誉れとなせる悪夢より醒めて経済大
国日本

再びは来ることなけん三井寺にわが撞きし鐘の余韻聞きおり

姉川に天下取り信長の武勇伝をガイド語れば湖面きらめく

耳遠き妻は車の音という夜の深みて寒雷ひびく

学友の御霊祀らるる靖国の宮に詣でてその面
浮かぶ

靖国の同級生の霊拝み盲いながらも生き来し
を告ぐ

古里へ帰る事なく長島に病める五十年除夜の
鐘聞く

昨日《きぞ》見舞いに行きにし友の最期とは無常の風
の儚《はかな》さをしる

骨堂　平成五年

カナカナの今も鳴きいる渡岸寺の豊かな景に
心安らぐ

フィアンセに父の病を打ちあけて奈落におちし姪を愛《いと》しむ

西日光の五百羅漢の鎮もりに旅の疲れのほぐるるおもい

手土産の佃煮の鮎くばられつ琵琶湖に取れし味かみしむる

麻痺したる顔につきいる花びらを茶を入るる
友が笑みて取りくる

兄二人納められたる骨堂の更新なりて手を引
かれ来つ

いずれ我もこの骨堂に入るべし新築なりしを
見廻る今日は

桑の実に口赤く染めたる幼日の君も老いたり
五十年経て

この夏の異常気象の現れか療舎の庭に毒茸生
う

百歳の祝の銀盃手に探り長寿にあやからん酒
を戴く

百歳の媼　平成六年

肝を病む君の言葉の胸えぐる吐血したらばそれまでと言う

熾烈なる君の歌論に頷きて非力な我は言葉なかりし

国籍は韓国と言う君にして朝朝海辺に何想い
いる

歩行器を押して達者に歩みいる百歳のタネさ
ん我が園の宝

黒き蝶骨堂の供花に舞いており乳癌にて逝き
たる君帰りしか

「夾竹桃」歌いし声がよみがえる癌に逝きし
を悲しみおれば

この島に大山名人出迎えて慰問の指導を受け
し遠き日

正月の部屋にと兄はシクラメンの鉢を持ち来
ぬ盲の我に

トラックのハンドル握る女子《おみなご》のきりりと締まる頼もしき貌

難聴の妻との対話なごやかに語りて居るも時に苛立つ

草を刈りござ敷きのべて看護婦と共に歌えり

看護デー今日

おふくろが三度も夢に出でしという妻の生家
にさわりあらすな

同窓生は眉毛あるわれを不思議がり植毛せし
やというも答えず

鏨《のみ》を打つ音に乗り来て石工らの歌声聞こゆ故
郷の山

高松宮妃お手植えのもちの木に小鳥の群れて
その実啄《ついば》む

阪神淡路大震災　平成七年

御詠歌を唱えて父の帰り待つ母の腕に抱かれ
眠りき

君逝きて早やも一年教会に讃美歌うたいその
声偲ぶ

岡大の学生描く「日本海」砂丘の彼方にくっ
きりと藍

仏壇あり神棚もありて光明会館入園者つどい
し開園当初

被災者の中に朗読奉仕者あり電話つながらず
安否気づかう

震災の救援隊に医師ナース加わり医局は休日
続く

新しき入歯になりて節分の豆のいくつをほつ
ほつと噛む

点字書にわが歌見しとあしなえの盲の友が電
話しくれぬ

X線に写る老いたる我の骨四十路のものと医
者にほめらる

青青と潮の流れる海峡より島逃れんと謀りき
彼の日

作曲の技法教わらんと寒き夜も点字器持ちて
療友を訪う

盲目の君の育てし薬草を朝朝食みて効きくる
思い

よしきりの囀りやまぬ葦の中軋む櫓の音に心
遊ばす

櫓の軋む船の後ろに現れてかいつむりの親子
我らを迎う

らい予防法廃止　平成八年

日本海の波にえぐられし断崖が悪僧滅ぼせる
東尋坊とぞ

故郷に葦切の声聴きおれば母恋し父の恋しと鳴けり

桑苺おもいがけなく手に受けて幼にかえり口にほおばる

予防法改正運動続け来て希望明るく山茶花の咲く

本土との三十メートルの海峡を脱走はばまれ
幾多死にしと

全身に麻酔かかりて夢のごと胆石切除無事に
終わりぬ

担送車に乗せられオペ室に運ばるる耳元に幾
人がんばれの声

予防法の廃止となりてはじめてのひかり車内
に胸張りて座す

舟底を岩にこすりて下りゆく保津川下りに術
後を遊ぶ

生木裂くごとき親子の離別あり予防法廃止に
も名のりあげ得ず

果てたるはガダルカナル島と聞く兄に最後に
会いしはわが入所前

癩予防法廃止となりても離別の子婚家に育つ
に名のり得ぬ妻

病める妻　平成九年

昨夜まで鈴振る虫の声聞きし草の刈られて今
宵寂しき

槙の木の熟れ実を採りて亡き姉と奪い合いた
りわが少年期

縁談にさしさわりある血縁者予防法廃止にも
心ほぐさず

朝朝を剥きてもらいし蜜柑の実幼児とも妻口
開けて待つ

病む妻に心尽くして付き添いぬ盲ゆえ介護を
人にゆだねて

別室で妻の肺癌知らされて何と伝えん苦悩渦
巻く

薬効と手厚き看護に満たされて徐徐に握力戻りきし妻

座布団を食卓の前におくほどに妻の病の回復を見す

同窓生の君より届きたる賀状確と手にしぬ六十年ぶり

小二のわれと机並べし君なりきえくぼありしが瞼に浮ぶ

介護ありて妻の体調整えりイベントに共に集う幸せ

額紫陽花盲友《とも》の丹誠こめし花もらい来て部屋に輝きの満つ

岩石に男の腕ほどの化石ありナウマン象の住み居し琵琶湖

大小の化石の中を巡りつつ突きあぐる感動琵琶湖博物館

学生の慰問演奏に妻とバイオリンを弾きいし我の心は踊る

ミニスカートルーズソックスの三十五人奏でる曲は「黒い瞳」
再びは来る事なからん葛城山《かつらぎさん》七十二歳我の足跡

駒鳥　平成十年

レコード店にて江州音頭のＣＤ買わん故郷に
踊りし盆のなつかし

胆嚢を取りたるゆえかこの夏は汗疣の出でず
老いのゆえとも

治療初めのラジオ体操始まりて楽に合わねど
手足を振りぬ

短歌の師の御声優しく響きおり耳底に聞く励ましの声

盲人会館の窓近く鳴く鶯の一日聞こえて事務の捗《はかど》る

甥の娘の婚期遅れしは切なかり縁ありしと聞き心ほぐるる

亡き父は酢牡蠣を最も好みたりいまその旨き
季節となりぬ

福引で虎の貯金箱当りたり今年は我が妻年女
なり

食事中呼吸困難しばしばあり妻のめぐりに吸
引器置く

脳死者の眼球移植も可能とか医師の言葉に期
待膨らむ

駒鳥は何を餌にしいるならん山に帰らず寮近
く住む

盲館の庭にばら苗十本を植えて香らん初夏を
まちいる

面影の変わりはてたる伯母の顔瘦せし手取りて姪は泣き泣く

関ヶ原古戦場巡り鏡ヶ池に伊吹山逆さの景を楽しむ

日曜のチャペルの鐘を聞きながら老妻を見舞いてとぼとぼ帰る

嫂に育てられたる息子二人印刷業家電製品の
責任者いま

妻居るホーム　平成十一年

ささご鳴く道を伝いて病室の妻を見舞わんと
杖を手に行く

ほうけたる妻は幼にかえりたり母を慕うがに
呼び続けいる

いつの日か痴呆とならん年数う誰に看取られ
果てなん我か

妻の姪五十年ぶりに会いに来て手を取る二人
の息子も共に

金婚式二年と迫り妻呆く癒えよ癒えよとひたすらに待つ

空渡るつぐみの声の聞こえいて恋しきは亡き父故郷の山

「シクラメン綺麗に咲かせているわね」とヘルパー眺め部屋をいで行く

四十年余点訳しくれし君なりき空輪の雪達磨
盲館に届く

柔らかき人参花豆牡蠣もちて妻居るホームへ
正月二日

流感に二十日余りを臥しおりて妻と兄との看
取り叶わず

予防法廃止となりて花見客年ごとに増ゆ島の
療園

萎ゆる手にフォーク結わえて食事をと妻を促
す言葉は無惨

自動ドアくぐれば妻の声がして物乞いの如わ
めくが聞こゆ

傷跡の著く残るをヘルパーは清拭しつつ痛みを問えり

オペ室のナースは出会うたびごとにその後の容態どうと尋《と》め呉《く》る

梅雨明けを待ちあぐねしか熊蟬は幼き声に今年も鳴き出す

「リストラが主人にも来し」と姪の言い染色
業の不況を伝う

妻病みてすすぎ物する我の技身につきそめて
百日を越ゆ

現実に架空が混り話す妻痴呆の徐徐に深みて
行くか

法師蟬の声は途絶えて畑隅に鳴く虫の声一段と冴ゆ

妻の遺影　平成十二年

新米のとれしと姪の送り来しおむすびの味口に広ごる

わが誕生日婦長とナースが卓につき桜茶と菓子にて祝いくれたり

靖国の桜の花の塩漬けを傷痍の兄が託しぬ我に

今は亡き兄の孫《うまご》が会いに来てお茶とお菓子のみやげ置きゆく

舗装路の割れ目にタンポポ覗きおりいよいよ
本番の春来るらし

神棚に供えたる供花の芽吹くらし草萌えの香
が部屋に広ごる

懸命なる医師の蘇生術に僅かずつ妻の心肺動
きはじめし

蘇生術に八日余りを生き来しが臨終の妻の手
しかと取りやる

屋外より帰りてくれば声のなく亡妻の供花の
香部屋に漂う

除夜の鐘鳴るを待ちつつ枕辺に妻の遺影置き
ラジオ聴きいる

摩周湖に立つ　平成十三年

妻亡きあとの寂しさ徐徐に薄らぐもひとり部屋ぬちに籠る日多し

カラオケを唄いし妻のテープ出でなつかしみ聞く若き日の声

三上山朝夕見つつ育ちたり十六歳までの故郷の山

里帰りして県知事と食事をし国賠訴訟に賛美受けおり

ポケットの妻の遺影とネックレスに触れつつ晴れたる摩周湖に立つ

まひる野大会　平成十四年

ようやくに生活リズム整いて一人暮らしの潤いてきつ

柚子風呂に浸りておれば故里の五右衛門風呂

浮かぶ母の顔浮かぶ

転室し荷物の整理しておれば亡き妻愛用の裁
鋏出《い》ず

山形の歌友の賜いしさくらんぼお経あげつつ
妻に供うる

里帰りに三井寺の鐘撞きており湖《うみ》渡り生家に
届きていんか

六十年余を偏見と差別に生きて来しまひる野
大会に心を洗う

歌会に手引かれて来つ歓迎の握手握手に我は
とまどう

歌集出版にアドバイス受けし三浦女史初めて
会いたり清《すが》しき声なり

ひめゆりの塔　平成十五年

お土産に賜りし花コルチカム花芽を日ごとへルパーに聞く

入所前養鶏果樹園なしし頃飯炊く我と料理せし兄

大会の録音テープ聞きおれば先輩の歌ひかりて迫る

中学生看護生徒らハンセン病の理解なさんと部屋訪ね来ぬ

投稿期限今年最後の出詠歌浮かびきたらずただただ焦る

大会の熱気のテープ繰り返し聞きつつ短歌の
闇に迷えり

沖縄に行き得るなどと思わざりき忍従に堪え
し我の喜び

ひめゆりの塔摩文仁の丘の激戦地行けぬを悔
しと思いつつ去る

前夜より泊まりし甥の家族らと沖縄観光に手を引かれゆく

沖縄に仏教寺院のあらざるか除夜の鐘の音吾《あ》は聞かざりき

沖縄も元旦なるに街中に門松見えぬと甥の言いおり

加湿器の整備してくれしヘルパーさん出でゆきし後に化粧の香り

如月の雨は樹木を潤さん桜の樹液音立ていんか

守礼の門の石の階踏みしめて王朝時代の名残を偲ぶ

看護師や事務職員らこもごもに思い出残し花の島去る

青葉道杖に探りて歩みおり先祖の墓に参るよろこび

石柱に童謡メロディー仕込まれて「みかんの花咲く丘」が聞こゆる

歓迎され実家の敷居を跨ぎたりこの喜びを誰
に伝えん

この地より入所したりしは十六歳七十八歳の
今日帰り来ぬ

村中を産業道路横切りて琵琶湖大橋に繋がる
と聞く

珍しきマンゴーの実の届きたりお供えをして
亡妻《つま》と頂く

兄嫁のあまたの苦労忍ばるる我の叶わぬ先祖
の守り

六十二年振りに我が家に帰省せり涙垂りつつ
仏壇の前

冷夏にて迎えし今年の魂迎え亡き妻を想い亡《と》
友《も》を思えり

兄の曾孫大きく己が似顔絵を描きてファック
スに送り来たりぬ

五十七年経て念願の叶いたり高野に眠る兄の
墓前《はかまえ》

亡き妻を加えて七柱南院の本堂に深深我は合掌

赤い灯青い灯　平成十六年

閑谷学校の石塀のすきまには草生えずとう不思議を聞けり

閑谷の堀のかるがも目にしつつ国宝の石橋ゆるゆるわたる

甥の嫁料理に蟹の身解《ほぐ》しくれ幸せ覚ゆ傘寿の我は

食堂に明るき声のひびきいる隣席の病友妻をめとりて

退職をしたる職員幾たりか納涼祭に声かけくるる

お手植えの黐《もち》の木は今花盛り高松宮妃の姿浮かび来

大阪の通天閣ゆ夜の街ながめて見たし赤い灯青い灯

甥夫婦娘亡くして日も浅く我を介護し悲しみ癒す

里帰りに兄の曾孫の土産にと携えておりお菓子ゲーム機

病庭に甘き香りの漂いて泰山木の花を仰ぎぬ

電話にて越後の歌友《とも》と話しおりつられて我も
越後弁となる

視覚障害者の会議を終えて街中の店に掬えり
苺のかき氷

電車にて席譲りくるる女子学生その優しさが
不安掻き消す

詰将棋のテレビに寄りて耳澄まし晴眼者に棋譜を教えてやりぬ

豆狸今にも歩かんかまえして展示されいる療《と》友《も》の作品

千羽鶴折てもらいし三十羽ヘルパーと持ち行く原爆ドームに

高松宮妃殿下　平成十七年

来年の干支はくたかけ手芸部の作品群は鳴きたつる如

まひる野の大会台風に襲われて厳島神社の参詣叶わず

文化祭陶芸手芸の展示品宿痾もつ我の作もい
くつか

リハ科にて腰の牽引受けており年年治療箇所
の増えゆく

妃殿下の御逝去の報悲しかり御前に挨拶せし
が偲ばゆ

高松宮妃殿下の訃報報じられお健やかなりし
かの日偲ばゆ

跋

邑久光明園の文芸誌「楓」編集部から、短歌部門の選歌・選評の依頼を受けたのは、平成十五年八月末で、選歌結果の最初の掲載は十六年の一・二月号（通巻四九五号）である。投稿者は七名であったが、森山栄三さんの作品には初回から注目した。

本人の「あとがき」にもある通り、森山さんは平成十三年、当時の所属結社「まひる野会」から、第一歌集を出版されている。従って今回の出版は第二歌集ということになる。

本歌集には、昭和四十一年（一九六六年）から平成十七年（二〇〇五年）に及ぶ三十九年間の作品が納められているが、第一歌集の掲載歌を除いて二千首を越える多くの作品の中から、五百九十一首を選ばせて頂いた。歌集に見られる作品は何れも秀歌揃いで、短歌への関心は随分以前から持たれていたことがうかがえる。「あとがき」に「小学校四、五年の頃より（百人一首の）カルタを取ることを覚え」たとある。

歌集名の「相場振山」は、森山さんの出生地にそびえる山で「実家の玄関を出ると、正面にくっきりと姿が見え」ると書かれている。集中に古里を追懐した作品が数多く見られるが、昭和十六年五月末、十代の半ばで故郷を離れ、光明園に入所して六十数年の歳月、生まれ故郷の風物、人情に寄せる思いは格別なものがあるであろう。

入所後かなりの期間は、世間の偏見の中での過ぎ来しだったと思われるが、森山さん自身は、宿命として己の人生を達観されての結果であろうか、常にプラス思考で日日の暮らしに立ち向かわれている姿が作品を通してうかがえる。園内の医師、看護師、介護員の皆さんは、どなたも優しく真心を持って入所者に接しておられる様子が数多くの歌から偲ばれ、園の雰囲気の素晴らしさに感動する。このような中で、森山さんは点字歌集を舌読し、「懸命に老を拒むとカラオケ」にも声を弾ませる。「失明となりて学びしバイオリン」の歌もある。その失明の中で人生で最も悲痛と思われる夫人を亡くされた前後の歌もあるが、感情におぼれることなく優れた一連の作品を残されている。ハンセン病患者で歌人として著明な明石海人は、常に森山さんの胸中にあったようで「海人をしのぐ歌人に成りたし」との願いを持ちながら、「万葉秀歌を点字に写す」歌もある。自然に目を向けた作には、健常者と同じ感覚が感動を呼んでいる様子が読み取れる。集中に旅行詠も数多くあるが、何れも作品に作者自身の息づかいが感じられるのが良い。
短歌は五句三十一音という短詩型の文字であるから、その限られた形式の中で、作者が如何に自分自身の感動を表現する努力をしているかが問われる。森山さんは、情緒豊かな感性の中で得た感動で歌を詠み「短歌帳」に書き留めての集積が、今回の歌集を生むこととなった。今後続いて健康にも留意され、卒寿、白寿での作品集の披露に願いを託すると共に、歌集『相場振山』が多くの人人の感動を呼び味読されることを願っている。

平成十八年三月吉日

塩田啓二

あとがき

第一歌集は、平成十三年まひる野会より出版させていただきました。今回は、私の入所している邑久光明園の機関誌「楓」の短歌欄の選者をしてくださっている塩田啓二先生に選歌をしていただき、この第二歌集を出版する運びとなりました。

題名は『相場振山』といたしました。この山は、私の出生地にそびえる山です。実家の玄関を出ると、正面にくっきりと姿が見えます。御影石の豊かな山です。

大正十年前後、私の父は石材所を営み、相場振山の御影石を使って石碑や灯籠、石垣などを加工する仕事をしていました。里にその仕事場があり、朝二時間ほど、コークスと吹子で石鑿を尖らせるために火をおこしていました。私たち子どもらは、その吹子の火で三十分ほど暖まり、その後二キロ程の道のりを歩いて学校へ通っていました。

当時のことを思い出すと、次から次に思い出がよみがえります。当時は娯楽の少ない時代でもあり、少年、少女、青年会や婦人会の若者たちが私の自宅へ集まることが多くありました。その頃は、若者の遊びとして百人一首が流行っており、自宅の離れで何組にもわかれてカルタ取りが行われていました。私も小学校四、五年生の頃よりカルタを取ることを覚え、婦人会や青年団の中にまじり、その雰囲気を味わったものです。兄や姉たちはカルタ札を読み上げる役をし、姉の一人は接待役としてみかんやお茶を出していました。大人たちは囲碁を打ったり、将棋を楽しんでいました。

光明園に入所して六十数年、失明をして六十年余り、その当時の楽しい日々が相場振山の姿と重なり合いながら走馬灯のように浮かんできます。

現在は、カラオケで歌を歌ったり、短歌を詠むことが一番の楽しみであり、生きがいとなっています。多くの職員の皆様に代筆やコピーなどで手を煩わせ、お世話になっています。また、目の見えない私が短歌をこれまで学んでこられたのは、さまざまな方が朗読奉仕をしてくださっているお蔭でもあります。まひる野会の八木八重子様、稲葉範子様、そして大阪盲人文化情報センター、その他多くの団体や個人の皆様に大変お世話になり、この場を借りてお礼を申し上げたいと思います。

さて、このたびの第二歌集出版に際しましても、これまた多くの皆様のご協力をいただきました。二千首あまりの短歌より選歌していただき、さらに跋文を賜りました塩田啓二先生、格別のご配慮をもって帯の文章を賜りましたまひる野会の橋本喜典先生、序文を書いてくださった園長の牧野正直先生、そして素晴らしい表紙の絵を描いてくださった滋賀県の藤原紀子様をはじめ、多くのアドバイスや激励をいただきましたまひる野会の三浦槙子様、皓星社の原島峰子様には大変お世話になり、心より感謝申し上げます。お世話になったお一人おひとりの名前は書き尽くせませんが、皆様、本当にありがとうございました。

平成十八年三月吉日

森山栄三

著者略歴

一九二四年十一月　滋賀県に生まれる
一九三六年　発病
一九三七年　尋常小学校卒業
一九四一年五月　邑久光明園に入所
一九四四年　失明
一九五〇年　園内で結婚
一九六六年　まひる野会に入会
二〇〇一年　第一歌集『楠若葉の島』刊行

全国ハンセン病盲人連合会会長を一九八一年と一九八九年の二期務める。その他、盲人会の会長はじめ、役員を十年あまり務める。

歌集　**相場振山**

発行　2006年4月28日
定価　2,000円＋税

著　者　森山栄三
発行人　藤巻修一
発行所　株式会社皓星社
〒166-0004 東京都杉並区阿佐谷南1-14-5
電話 03-5306-2088　ファックス 03-5306-4125
URL http://www.libro-koseisha.co.jp/
E-mail info@libro-koseisha.co.jp
郵便振替　00130-6-24639

カバー絵　藤原紀子
装幀　藤巻亮一
印刷・製本　日本ハイコム(株)

ISBN4-7744-0411-X C0095